मैं क्यों गिनूँ?

लेखक: सुशांत पानी
चित्रकार: निखिल खत्री

फूलबेड़िया गाँव में रहने वाला कृष्णा चुलबुला बच्चा है। आरोही उसकी दोस्त है।

एक लम्बी छुट्टी के बाद स्कूल फिर से शुरू हुआ है। कृष्णा सीधे तीसरी कक्षा में आ गया है। आरोही पाँचवीं में।

22
सितम्बर
अ - अनार
आ - आम
इ - इमली
जोड़
घटाना
गुणा
भाग

कृष्णा को स्कूल में सब कुछ पसंद था। सिवाए गणित के।

आशा मैडम जब भी उसे गिनने के लिए कहतीं, वह घबरा जाता।

वह सोचता, 'गिनना क्यों ज़रूरी है, जब मैं बिना गिने ही सब कुछ कर सकता हूँ?'

आरोही समझती है कि गिनना बहुत ज़रूरी है, लेकिन कृष्णा को कैसे समझाए?

तभी उसे एक उपाय सूझा, 'क्या वह कृष्णा की गिनती टीचर नहीं बन सकती?'

रविवार को स्कूल की छुट्टी थी। दोनों खेल रहे थे।

आरोही बोली, 'कृष्णा, किसके पास ज्यादा बकरियाँ हैं? तुम्हारे या मेरे? क्या बता सकते हो?'

'हाँ, बता सकता हूँ।' कृष्णा तपाक से बोला।

'कैसे? तुम्हें तो गिनना नहीं आता!' आरोही को यकीन नहीं हुआ।

कृष्णा थोड़ी देर सोचता रहा। फिर उसने पत्थर के टुकड़े चुने।

उसने आरोही के और अपने घर के सामने, बकरियों की संख्या के बराबर पत्थर रखे। उसके बाद दोनों जगहों से एक-एक पत्थर साथ में निकालने लगा।

आरोही के घर की तरफ कुछ पत्थर बच गए।

'तुम्हारे यहाँ ज्यादा बकरियाँ हैं!' वह खुशी से चहका।

आरोही हैरान थी।

दोनों एक खेत में चले आये थे।

'इस बार तुम्हारे खेत में बहुत सारी लौकियाँ फली हैं।' आरोही ने कहा।

'हाँ! जल्दी ही हम इसे बाजार ले जाएँगे।' कृष्णा खुशी-खुशी बता रहा था।

'जब लौकी बेचोगे तो हिसाब कैसे रखोगे? कितनी बेची? कितनी नहीं बिकी?' आरोही ने फिर सवाल पूछ लिया।

कृष्णा के पास कोई जवाब नहीं था। वह आरोही का मुँह देखने लगा।

बातचीत करते-करते दोनों नदी के किनारे आ गए थे।

'आज बंसी लेकर नहीं आए कृष्णा?' आरोही ने पूछा।

'आज मन नहीं था।' कृष्णा मायूसी से बोला।

'अच्छा बताओ, दिन में कितनी मछलियाँ पकड़ लेते हो?' आज आरोही गिनती टीचर की भूमिका अच्छे से निभा रही थी।

कृष्णा के पास इस सवाल का कोई जवाब नहीं था। वह उसका मुँह ताकने लगा।

‘उदास न हो कृष्णा। गिनना ही तो है इनमें। मैं सिखा सकती हूँ। अगर तुम चाहो तो!’ आरोही ने कहा।

कृष्णा ने हामी भरी। आरोही को तो जैसे इसी मौके का इंतज़ार था।

थोड़ी देर में दोनों घर के बरामदे में बैठे थे।

'गिनती तो गिनते हो न!' आरोही ने पूछा।

'हाँ! 100 तक गिन लेता हूँ।' कृष्णा बोला। 'बढ़िया! चलो सेम के बीजों से *जोड़-बीजोड़* खेलते हैं!' आरोही ने अपनी फ्रॉक से कुछ बीज निकाल लिए।

जोड़-बीजोड़ : सम-विषम

आरोही ने कृष्णा से कहा, 'मुझे 15 बीज निकालकर दो!'

कृष्णा ने 17 बीज निकाले। फिर आरोही ने उसे 14 बीज
निकालने के लिए कहा।
कृष्णा ने 12 बीज ही निकाले।

आरोही समझ रही थी कि
परेशानी कहाँ है।

आरोही ने कृष्णा से कहा, ‘बीजों को एक लाइन में सजाकर गिनो। जिसे गिनो, उसे अपनी तरफ खींच लो।’

कृष्णा ने ऐसा ही किया। गिनती सही हुई। आरोही बहुत खुश थी। उसने कृष्णा को और दो बीज दिए। कृष्णा ने दुबारा भी सही गिना।

उस दिन की गिनती उतनी चली। फिर आरोही दादी के साथ घर लौट गई।

अगले दिन आरोही ने खलिहान में ढेर सारी चीज़ें एक लाइन में सजा दीं।

फिर कृष्णा से चीजों, उनके रंग, क्रम पर बातें करती रही।

'तीन सूखे पत्ते लाकर दो!' कृष्णा पत्ते लेकर आया।

'अब बताओ टमाटर किस स्थान पर है?' कृष्णा ने गिनकर बताया।

'यह बताओ, क्या तीन और तीसरा, दोनों एक ही हैं या अलग-अलग?' कृष्णा ने हर सवाल का जवाब देने की कोशिश की। वह चीज़ों तक गया, उन्हें गिना।

शाम तक यह गिनती का खेल चलता रहा।

अगली सुबह स्कूल जाते समय आरोही उससे पूछती रही,

‘घर में कितने लोग हैं?’

‘तुम्हारे पास कितने मुर्गे-मुर्गियाँ हैं? उनके नाम क्या हैं? किनकी संख्या ज्यादा हैं? किनकी कम?’

कृष्णा हर बार गिनता, जवाब देता।

उसे इस बातचीत में बहुत मज़ा आ रहा था।